CUANDO LOS BORREGOS NO PUEDEN DORMIR

UN LIBRO DE CONTAR

Satoshi Kitamura
Traducción de Aurelio de Izquieta

ALTEA

Título original: *When Sheep Cannot Sleep*
© 1986, Shatoshi Kitamura
Edición original inglesa de A. & C. Black, Londres, 1986
© 1988, Altea Taurus, Alfaguara, S. A.
© 1995, Grupo Santillana de Ediciones, S. A.
Torrelaguna, 60. 28043 Madrid

Dirección editorial: Elena Fernández-Arias Almagro

Aguilar, Altea, Taurus, Alfaguara, S. A. de Ediciones
Beazley, 3860. 1437 Buenos Aires
Aguilar, Altea, Taurus, Alfaguara, S. A. de C. V.
Avda. Universidad, 767. Col. Del Valle,
México, D.F. C.P. 03100
Distribuidora y Editora Aguilar, Altea, Taurus, Alfaguara, S. A.
Calle 80, nº 10-23
Santafé de Bogotá, Colombia

Printed in Spain
Impreso en España por:
ORYMU, S. A.
Pinto (Madrid)

ISBN: 84-372-2182-X
Depósito legal: M-42.206-1998

Tercera edición: noviembre, 1998

Una noche, un borrego llamado Madejo no se podía
dormir.
«Voy a ir a dar un paseo», se dijo, y salió a caminar
sin rumbo fijo por la pradera.

Se puso a perseguir a una mariposa hasta que ésta
desapareció tras de un árbol alto y verde.

Sobre el tronco de ese árbol había dos mariquitas
medio dormidas.
«Y yo sigo completamente espabilado», caviló
Madejo.

«¡Hu, hu, hu!», gritaron los búhos, «Es hora de retirarse».

«Y *nuestra* hora de salir», dijo una familia de murciélagos revoloteando sobre el borrego.

«Qué bien; manzanas», dijo Madejo. «Sabía que era
el momento de tomar algo. Pero están demasiado
altas para mí».

«Intenta trepar», dijeron las ardillas.
«No sé», dijo Madejo.
«Ahí hay una escalera», dijeron las ardillas.

Tenían razón.
Madejo apoyó la escalera contra el manzano y subió,
peldaño a peldaño, hasta que pudo alcanzar aquellas
manzanas dulces y coloradas.

Era una noche preciosa y serena,
y Madejo no tenía ni pizca de sueño.
Las luciérnagas bailaban por el aire...

y los saltamontes cantaban entre la hierba alta.

Madejo subió hasta la cima de una colina para
contemplar el panorama. De pronto, unos destellos
luminosos y zumbantes cruzaron el cielo. Madejo se
quedó aterrorizado.

Echó a correr lo más rápido que pudo para
esconderse entre los árboles, y a su paso fue saltando
sobre matas de tulipanes rojos.

«¡Qué susto tan tremendo!», jadeó.
«¿Dónde estaré?» Delante de él había una casa con
muchísimas ventanas.

La puerta principal estaba abierta, de modo que entró.
También había muchísimas puertas.

En una de las habitaciones encontró lápices de
colores.
«Qué bien», se dijo Madejo. «Dibujaré algo».

Le gustaron tanto sus dibujos
que los colgó en la pared.

«Otra vez tengo hambre», dijo Madejo.
Fue a la cocina y se preparó unos hermosos
guisantes.

Se los tomó en el comedor.
«Estoy cenando con algo de retraso», pensó.

«Y ahora un buen baño», dijo Madejo,
«con montañas de espuma».

En el cuarto de al lado había una cama pequeña,
y sobre ella había un pijama doblado
cuidadosamente.
«Ya han salido las estrellas», pensó Madejo.

«Será mejor que me acueste... por si acaso
me entra sueño».

Madejo se acostó en la cama y comenzó a pensar.

Pensó en su madre y en su padre y en sus hermanas
y hermanos y tíos y tías.
¿Qué estarían haciendo? ¿Se habrían dormido ya?
Toda su familia y sus amigos le rondaron por la
cabeza. Sus ojos se cerraron.

Y Madejo no tardó en quedarse dormido.

INDICE